KB033289

열두 개의 달 시화집
十一月.
오래간만에 내 마음은

열두 개의 달 시화집
十一月.
오래간만에 내 마음은

윤동주 외 지음
모리스 위트릴로 그림

저녁달
고양이

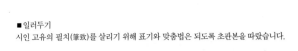

■일러두기
시인 고유의 필치(筆致)를 살리기 위해 표기와 맞춤법은 되도록 초판본을 따랐습니다.

십일월
봉당 자리(흙바닥)에
아! 홑적삼 덮고 누워
임을 그리며 살아가는 나는
너무나 슬프구나.

_고려가요 '동동' 중 十一月

차
례

첫눈

심훈

눈이 내립니다, 첫눈이 내립니다.
삼승버선 엎어 신고 사뿟사뿟 내려앉습니다.
논과 들과 초가집 용마루 위에
배꽃처럼 흩어져 송이송이 내려앉습니다.

조각조각 흩날리는 눈의 날개는
내 마음을 고이 고이 덮어 줍니다.
소복 입은 아가씨처럼 치맛자락 벌이고
구석구석 자리를 펴고 들어앉습니다.

그 눈이 녹습니다, 녹아내립니다.
남몰래 짓는 눈물이 속으로 흘러들듯
내 마음이 뜨거워 그 눈이 녹습니다.
추녀 끝에, 내 가슴 속에, 줄줄이 흘러내립니다.

Montmartre

Maurice Utrillo
1938

참새

윤동주

가을 지난 마당은 하이얀 종이
참새들이 글씨를 공부하지요.

째액째액 입으로 받아 읽으며
두 발로는 글씨를 연습하지요.

하로종일 글씨를 공부하여도
짹자 한자 밖에는 더 못쓰는 걸.

가슴 2

윤동주

늦은 가을 쓰르래미
숲에 싸여 공포에 떨고,

웃음 웃는 흰 달 생각이
도망가오.

사랑은

변영로

사랑은 겁 없는 가슴으로서
부드러운 님의 가슴에 건너 매여진
일렁일렁 흔들리는 실이니

사람이 목숨 가리지 않거든
그 흔들리는 실 끊어지기 전
저 편 언덕 건너가자.

Pontoise. Rue de l'Épicerie et rue de la Coutellerie.

Maurice Utrillo. V.
1911

첫겨울

오장환

감나무 상가지
하나 남은 연시를
가마귀가
찍어 가더니
오늘은 된서리가 내렸네
후라딱딱 휘이
무서리가 내렸네

독수리 집의
녹나무 마른 가지를
석양이 비껴가네

鷲の巣の樟の枯枝に日

노자와 본초

참회록

윤동주

파란 녹이 낀 구리거울 속에
내 얼굴이 남아 있는 것은
어느 왕조(王朝)의 유물(遺物)이기에
이다지도 욕될까.

나는 나의 참회(懺悔)의 글을 한 줄에 줄이자.
—만 이십 사년 일개월을 무슨 기쁨을 바라 살아 왔던가.

내일이나 모레나 그 어느 즐거운 날에
나는 또 한 줄의 참회록을 써야 한다.
—그때 그 젊은 나이에 왜 그런 부끄런 고백(告白)을 했던가.

밤이면 밤마다 나의 거울을
손바닥으로 발바닥으로 닦아 보자.

그러면 어느 운석(隕石) 밑으로 홀로 걸어가는
슬픈 사람의 뒷모양이
거울 속에 나타나온다

해후

그는 병난 시계같이 휘둥그래지며 멈칫 섰다.

저녁때 외로운 마음

九
日

저녁때 저녁때 외로운 마음
붙잡지 못하여 걸어다님을
누구라 불어주신 바람이기로
눈물을 눈물을 빼앗아가오

초겨울
세찬 바람에도 지지 않고
흩날리는 초겨울비로구나.

木枯(こがらし)の地にも落さぬ時雨(しぐれ)かな

교라이

흐르는 거리

윤동주

으스럼히 안개가 흐른다. 거리가 흘러간다. 저 전차(電車),
자동차(自動車), 모든 바퀴가 어디로 흘리워 가는 것일까?
정박(碇泊)할 아무 항구(港口)도 없이, 가련한 많은 사람들을
싣고서, 안개 속에 잠긴 거리는,

거리 모퉁이 붉은 포스트상자를 붙잡고 섰을라면 모든 것이
흐르는 속에 어렴풋이 빛나는 가로등(街路燈), 꺼지지 않는
것은 무슨 상징(象徵)일까? 사랑하는 동무 박(朴)이여! 그리고
김(金)이여! 자네들은 지금 어디 있는가? 끝없이 안개가 흐르
는데,

'새로운 날 아침 우리 다시 정(情)답게 손목을 잡어 보세' 몇
자(字) 적어 포스트 속에 떨어뜨리고, 밤을 새워 기다리면
금휘장(金徽章)에 금(金)단추를 삐었고 거인(巨人)처럼 찬란
히 나타나는 배달부(配達夫), 아침과 함께 즐거운 내임(來臨),

이 밤을 하염없이 안개가 흐른다.

달같이

윤동주

연륜이 자라듯이
달이 자라는 고요한 밤에
달같이 외로운 사랑이
가슴하나 뻐근히
연륜처럼 피어 나간다.

겨울

정지용

빗방울 나리다 유리알로 굴러
한밤중 잉크빛 바다를 건너다.

Montmartre   Maurice Utrillo V.

이름 없는 여인 되어

노천명

어느 조그만 산골로 들어가
나는 이름 없는 여인이 되고 싶소
초가지붕에 박넝쿨 올리고
삼밭엔 오이랑 호박을 놓고
들장미로 울타리를 엮어
마당엔 하늘을 욕심껏 들여놓고
밤이면 실컷 별을 안고

부엉이가 우는 밤도 내사 외롭지 않겠오
기차가 지나가 버리는 마을
눗양푼의 수수엿을 녹여 먹으며
내 좋은 사람과 밤이 늦도록
여우 나는 산골 얘기를 하면
삽살개는 달을 짖고
나는 영왕보다 더 행복하겠오

비에도 지지 않고

미야자와 겐지

비에도 지지 않고
바람에도 지지 않고
눈에도 여름 더위에도 지지 않는
튼튼한 몸으로
욕심은 없이
결코 화내지 않으며
늘 조용히 웃고
하루에 현미 네 홉과
된장과 채소를 조금 먹고
모든 일에 자기 잇속을 따지지 않고
잘 보고 듣고 알고
그래서 잊지 않고
들판 소나무 숲 그늘 아래
작은 초가집에 살고

十五日

동쪽에 아픈 아이 있으면
가서 돌보아 주고
서쪽에 지친 어머니 있으면
가서 볏단 지어 날라 주고
남쪽에 죽어가는 사람 있으면
가서 두려워하지 말라 말하고
북쪽에 싸움이나 소송 있으면
별거 아니니 그만두라 말하고
가뭄 들면 눈물 흘리고
냉해 든 여름이면 허둥대며 걷고
모두에게 멍청이라고 불리는
칭찬도 받지 않고
미움도 받지 않는
그러한 사람이
나는 되고 싶다

雨ニモマケズ

みやざわけんじ

雨ニモマケズ

風ニモマケズ

雪ニモ夏ノ暑サニモマケヌ

丈夫ナカラダヲモチ

慾ハナク

決シテ瞋ラズ

イツモシヅカニワラッテヰル

一日ニ玄米四合ト

味噌ト少シノ野菜ヲタベ

アラユルコトヲ

ジブンヲカンジョウニ入レズニ

ヨクミキキシワカリ

ソシテワスレズ

野原ノ松ノ林ノ蔭ノ

小サナ萱ブキノ小屋ニヰテ

東ニ病気ノコドモアレバ

行ッテ看病シテヤリ

西ニツカレタ母アレバ

行ッテソノ稲ノ束ヲ負ヒ

南ニ死ニサウナ人アレバ

行ッテコハガラナクテモイヽトイヒ

北ニケンクヮヤソショウガアレバw

ツマラナイカラヤメロトイヒ

ヒデリノトキハナミダヲナガシ

サムサノナツハオロオロアルキ

ミンナニデクノボートヨバレ

ホメラレモセズ

クニモサレズ

サウイフモノニ

ワタシハナリタイ

Maurice Utrillo. V.
1925.

Basilique de Longpont (Seine et Oise)

돌아와 보는 밤

윤동주

세상으로부터 돌아오듯이 이제 내 좁은 방에 돌아와 불을
끄옵니다. 불을 켜 두는 것은 너무나 피로롭은 일이옵니다.
그것은 낮의 연장(延長)이옵기에—

이제 창(窓)을 열어 공기(空氣)를 바꾸어 들여야 할 텐데
밖을 가만히 내다보아야 방(房)안과 같이 어두워 꼭 세상
같은데 비를 맞고 오던 길이 그대로 비속에 젖어
있사옵니다.

하루의 울분을 씻을 바 없어 가만히 눈을 감으면
마음속으로 흐르는 소리, 이제, 사상(思想)이 능금처럼
저절로 익어 가옵니다.

꼭지 빠진 감
떨어지는 소리 듣는
깊은 산

蔕おちの柿のおときく新山哉

소도

무서운 시간(時間)

거 나를 부르는 것이 누구요,

가랑잎 잎파리 푸르러 나오는 그늘인데,
나 아직 여기 호흡(呼吸)이 남아 있소.

한 번도 손들어 보지 못한 나를
손들어 표할 하늘도 없는 나를
어디에 내 한몸 둘 하늘이 있어
나를 부르는 것이오.

일을 마치고 내 죽는 날 아침에는
서럽지도 않은 가랑잎이 떨어질 텐데……

나를 부르지 마오.

새 한 마리

十
九
日

날마다 밤마다
내 가슴에 품겨서
아프다 아프다고 발버둥치는
가엾은 새 한 마리.

나는 자장가를 부르며
잠재우려 하지만
그저 아프다 아프다고
울기만 합니다.

어느덧 자장가도
눈물에 떨구요.

백지편지

장정심

쓰자니 수다하고 안 쓰잔 억울하오
다 쓰지 못할바엔 백지로 보내오니
호의로 읽어보시오 좋은 뜻만 씨웠소

황혼(黃昏)이 바다가 되어

윤동주

하루도 검푸른 물결에
흐느적 잠기고……잠기고……

저— 웬 검은 고기떼가
물든 바다를 날아 횡단(橫斷)할고.

낙엽(落葉)이 된 해초(海草)
해초(海草)마다 슬프기도 하오.

서창(西窓)에 걸린 해말간 풍경화(風景畵).
옷고름 너어는 고아(孤兒)의 설움.

이제 첫 항해(航海)하는 마음을 먹고
방바닥에 나뒹구오……뒹구오……

황혼(黃昏)이 바다가 되어
오늘도 수(數)많은 배가
나와 함께 이 물결에 잠겼을게오.

홍시

정지용

어적게도 홍시 하나.
오늘에도 홍시 하나.

까마귀야. 까마귀야.
우리 남게 웨 앉었나.

우리 옵바 오시걸랑.
맛뵐라구 남겨 뒀다.

후락 딱 딱
훠이 훠이!

무소구(無所求)

이광수

나는 그대를 사랑하노라.
하고 싶어 하는 사랑이매,
그대에게 구하는 바 없노라.

나는 내 모두를 그대에게 주노라.
주고싶어 주는 것이매,
그대에게 바라는 바 없노라.

그대 만일 나를 사랑하면,
기쁘게 받겠노라. 그러나,
나는 그대에게 진실로 구하는 바 없노라.

흰 그림자

황혼(黃昏)이 짙어지는 길모금에서
하루종일 시들은 귀를 가만히 기울이면
땅거미 옮겨지는 발자취소리,

발자취소리를 들을 수 있도록
나는 총명했던가요.

이제 어리석게도 모든 것을 깨달은 다음
오래 마음 깊은 속에
괴로워하던 수많은 나를
하나, 둘 제고장으로 돌려보내면
거리 모퉁이 어둠속으로
소리 없이 사라지는 흰 그림자,

흰 그림자를
연연히 사랑하던 흰 그림자들,

내 모든 것을 돌려보낸 뒤
허전히 뒷골목을 돌아
황혼(黃昏)처럼 물드는 내 방으로 돌아오면

신념(信念)이 깊은 의젓한 양(羊)처럼
하루종일 시름없이 풀포기나 뜯자.

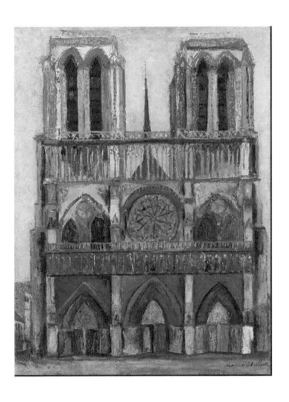

너의 그림자

박용철

하이얀 모래
가이없고

적은 구름 우에
노래는 숨었다

아지랑이 같이 아른대는
너의 그림자

그리움에
홀로 여위어간다

유리창 2

정지용

내어다 보니
아조 캄캄한 밤,
어험스런 뜰앞 잣나무가 자꼬 커올라간다.
돌아서서 자리로 갔다.
나는 목이 마르다.
또, 가까이 가
유리를 입으로 쫏다.
아아, 항안에 든 금붕어처럼 갑갑하다.
별도 없다, 물도 없다, 쉬파람 부는 밤.
소중기선(小蒸汽船)처럼 흔들리는 창(窓).
투명(透明)한 보라ㅅ빛 누뤼알 아,
이 알몸을 끄집어내라, 때려라, 부릇내라.
나는 열(熱)이 오른다.
뺨은 차라리 연정(戀情)스레히
유리에 부빈다, 차디찬 입마춤을 마신다.
쓰라리, 알연히, 그싯는 음향(音響) ─
머언 꽃!
도회(都會)에는 고흔 화재(火災)가 오른다.

첫눈

은빛 장옷을 길게 끌어
흰 마을을 희게 덮으며
나의 신부가
이 아침에 왔습니다.

사뿐사뿐 걸어
내 비위에 맞게 조용히 들어왔습니다.

오래간만에
내 마음은
오늘 노래를 부릅니다.

자 - 잔들을 높이 드시오.
빨 - 간 포도주를
내가 철철 넘게 치겠소

이 좋은 아침
우리들은 다같이 아름다운 생각을 합시다.

종도 꾸짖지 맙시다.
애기들도 울리지 맙시다.

Sacré-Cœur de Montmartre
et Passage Cottin —

Maurice Utrillo V.
1934

멋 모르고

윤곤강

멋 모르고 사는 동안에
나는 어느새 반이나마 늙었네

야윈 가슴 쥐어뜯으며
나는 긴 한숨도 쉬었네

마지막 가는 앓는 사람처럼
외마디소리 질러도 보았네

보람 없이 살진대, 차라리
죽는 게 나은 줄 알기야 하지만

멋 모르고 사는 동안에
나는 어느새 반이나마 늙었네

밤의 시름

윤곤강

오라는 사람도 없는 밤거리에 홀로 서면
먼지 묻은 어둠 속에 시름이 거미처럼 매달린다

아스팔트의 찬 얼굴에 이끼처럼 흰 눈이 깔리고
빌딩의 이마 위에 고드름처럼 얼어붙는 바람

눈물의 짠 갯물을 마시며 마시며 가면
흐미하게 켜지는 등불에 없는 고향이 보이고

등불이 그려 놓는 그림자 나의 그림자
흰 고양이의 눈길 위에 밤의 시름이 깃을 편다

별똥 떨어진 데

밤이다.

하늘은 푸르다 못해 농회색으로 캄캄하나 별들만은 또렷또렷
빛난다.
침침한 어둠뿐만 아니라 오삭오삭 춥다.
이 육중한 기류 가운데 자조하는 한 젊은이가 있다.
그를 나라고 불러두자.

나는 이 어둠에서 배태되고 이어둠에서 생장하여서 아직도
이 어둠 속에 그대로 생존하나보다.
이제 내가 갈 곳이 어딘지 몰라 허위적거리는 것이다.
하기는 나는 세기의 초점인 듯 초췌하다.
얼핏 생각하기에는 내 바닥을 반듯이 받들어 주는 것도 없고
그렇다고 내 머리를 갑자기 내려 누르는 아무것도 없는
듯하다마는 내막은 그렇지도 않다.
나는 도무지 자유스럽지 못하다.
다만 나는 없는 듯 있는 하루살이처럼 경쾌하다면 마침
다행할 것인데 그렇지를 못하구나!

이 점의 대칭 위치에 또 하나 다른 밝음의 초점이 도사리고
있는 듯 생각킨다.
덥석 움키었으면 잡힐 듯도 하다.

마는 그것을 휘잡기에는 나 자신이 순질(純質)이라는 것보다
오히려 내 마음에 아무런 준비도 배포치 못한 것이 아니냐.
그리고 보니 행복이란 별스런 손님을 불러들이기에도 또다른
한 가닥 구실을 치르지 않으면 안 될까보다.

이 밤이 나에게 있어 어릴 적처럼 공포의 장막인 것은 벌써
흘러 간 전설이오, 따라서 이 밤이 향락의 도가니라는
이야기도 나의 염원에선 아직 소화시키지 못할 돌덩이다.
오로지 밤은 나의 도전의 호적(好敵)이면 그만이다.

이것이 생생한 관념세계에만 머무른다면 애석한 일이다.
어둠 속에 깜박깜박 조을며 다닥다닥 나란히한 초가들이
아름다운 시의 화사(華詞)가 될 수 있다는 것은 벌써 지나간
제너레이션의 이야기요, 오늘에 있어서는 다만 말 못하는
비극의 배경이다.

이제 닭이 홰를 치면서 맵짠 울음을 뽑아 밤을 쫓고 어둠을 짓내
몰아 동켠으로 휘ㄴ히 새벽이란 새로운 손님을 불러온다 하자.
하나 경망스럽게 그리 반가워할 것은 없다.
보아라, 가령 새벽이 왔다하더라도 이 마을은 그대로 암담하고 나
도 그대로 암담하고 하여 서 너나 나나 이 가랑지길에서 주저 주저
아니치 못할 존재들이 아니냐.

나무가 있다.

그는 나의 오랜 이웃이요 벗이다.
그렇다고 그와 내가 성격이나 환경이나 생활이 공통한 데
있어서가 아니다.
말하자면 극단과 극단 사이에도 애정이 관통할 수있다는
기적적인 교분의 표본에 지나지 못할 것이다.

나는 처음 그를 퍽 불행한 존재로 가소롭게 여겼다.
그의 앞에 설 때 슬퍼지고 측은한 마음이 앞을 가리곤 하였다.
마는 돌이켜 생각컨대 나무처럼 행복한 생물은 다시 없을 듯하다.
굳음에는 이루 비길 데 없는 바위에도 그리 탐탁치는 못할망정
자양분이 있다하거늘 어디로 간들 생의 뿌리를 박지 못하며 어디
로 간들 생활의 불평이 있을소냐.

칙칙하면 솔솔 솔바람이 불어오고, 심심하면 새가 와서
노래를 부르다 가고, 촐촐하면 한 줄기 비가 오고, 밤이면
수많은 별들과 오손도손 이야기할 수 있고 - 보다 나무는
행동의 방향이란 거추장스런 과제에 봉착하지 않고
인위적으로든 우연으로서든 탄생시켜 준 자리를 지켜
무진무궁한 영양소를 흡취하고 영롱한 햇빛을 받아들여
손쉽게 생활을 영위하고 오로지 하늘만 바라고 뻗어질 수 있는
것이 무엇보다 행복스럽지 않으냐.

이 밤도 과제를 풀지 못하여 안타까운 나의 마음에 나무의
마음이 점점 옮아오는 듯하고,
행동할 수 있는 자랑을 자랑치 못함에 뼈저리듯 하나 나의
젊은 선배의 웅면에 왈 선배도 믿지 못할 것이라니 그러면
영리한 나무에게 나의 방향을 물어야 할 것인가.

어디로 가야 하느냐, 동이 어디냐, 남이 어디냐, 아차! 저
별이 번쩍 흐른다.
별똥 떨어진 데가 내가 갈 곳인가 보다.
하면 별똥아! 꼭 떨어져야 할 곳에 떨어져야 한다.

윤동주

尹東柱. 1917~1945. 일제강점기의 저항(항일)시인이자 독립운동가. 아명은 해환(海煥). 해처럼 빛나라는 뜻이다. 동생인 윤일주의 아명은 환(達煥)이다. 갓난아기 때 세상을 떠난 동생은 '별환'이다.

윤동주는 만주 북간도의 명동촌에서 태어났으며, 기독교인인 할아버지의 영향을 받았다. 1931년(14세)에 명동소학교를 졸업하고, 한때 중국인 관립학교인 대랍자 학교를 다니다 가족이 용정으로 이사하자 용정에 있는 은진중학교에 입학하였다. 1935년에 평양의 숭실중학교로 전학하였으나, 학교에 신사참배 문제가 발생하여 폐쇄당하고 말았다. 다시 용정에 있는 광명학원의 중학부로 편입하여 거기서 졸업하였다.

1941년에는 서울의 연희전문학교 문과를 졸업하고, 일본으로 건너가 도쿄에 있는 릿교대학 영문과에 입학하였다가, 다시 1942년, 도시샤 대학 영문과로 옮겼다. 학업 도중 귀향하려던 시점에 항일운동을 했다는 혐의로 일본 경찰에 체포되어(1943. 7), 2년형을 선고받고 후쿠오카 형무소에서 복역하였다. 그러나 복역 중 건강이 악화되어 1945년 2월에 생을 마감하고 말았다. 유해는 그의 고향 용정에 묻혔다. 한편, 그의 죽음에 관해서는 옥중에서 정체를 알 수 없는 주사를 정기적으로 맞은 결과이며, 이는 일제의 생체실험의 일환이었다는 주장도 제기되고 있다.

15세 때부터 시를 쓰기 시작하여 첫 작품으로 〈삶과 죽음〉〈초한대〉를 썼다. 발표 작품으로는 만주의 연길에서 발간된 《가톨릭 소년》지에 실린 동시 〈병아리〉(1936. 11) 〈빗자루〉(1936. 12) 〈오줌싸개 지도〉(1937. 1) 〈무얼 먹구사나〉(1937. 3) 〈거짓부리〉(1937. 10) 등이 있다. 연희전문학교 시절 작품으로는 《조선일보》에 발표한 산문 〈달을 쏘다〉, 교지 《문우》지에 게재된 〈자화상〉〈새로운 길〉이 있다. 그리고 그의 유작인 〈쉽게 쓰여진 시〉가 사후에 《경향신문》에 게재되기도 하였다(1946).

그의 절정기에 쓰인 작품들을 1941년 연희전문학교를 졸업하던 해에 《하늘과 바람과 별과 시》라는 제목으로 발간하려 하였으나 뜻을 이루지 못했다. 그의 자필 유작 3부와 다른 작품들을 모아 친구 정병욱과 동생 윤일주가, 사후에 그의 뜻대로 1948년, 《하늘과 바람과 별과 시》라는 제목으로 출간했다.

29년의 짧은 생애를 살았지만 특유의 감수성과 삶에 대한 고뇌, 독립에 대한 소망이 서려 있는 작품들로 인해 대한민국 문학사에 길이 남은 전설적인 문인이다. 2017년 12월 30일, 탄생 100주년을 맞이했다.

김영랑

金永郎. 1903~1950. 시인. 본관은 김해(金海). 본명은 김윤식(金允植). 영랑은 아호인데 《시문학(詩文學)》에 작품을 발표하면서부터 사용하기 시작하였다. 초기 시는 1935년

박용철에 의하여 발간된 《영랑시집》 초판의 수록시편들이 해당되는데, 여기서는 자연에 대한 깊은 애정이나 인생 태도에 있어서의 역정(逆情)·회의 같은 것은 찾아볼 수 없다. '슬픔'이나 '눈물'의 용어가 수없이 반복되면서 그 비애의식은 영탄이나 감상에 기울지 않고, '마음'의 내부로 향해져 정감의 극치를 이루고 있다. 그의 초기 시는 같은 시문학동인인 정지용 시의 감각적 기교와 더불어 그 시대 한국 순수시의 극치를 보여주고 있다. 그러나 1940년을 전후하여 민족항일기 말기에 발표된 〈거문고〉〈독(毒)을 차고〉〈망각(忘却)〉〈묘비명(墓碑銘)〉 등 일련의 후기 시에서는 형태가 변했을 뿐 아니라 인생에 대한 깊은 회의와 '죽음'의 의식이 나타나 있다.

정지용

鄭芝溶. 1902~1950. 대한민국의 대표적 서정 시인이다. 충청북도 옥천군 옥천면 하계리에서 한의사인 정태국과 정미하 사이에서 맏아들로 태어났다. 연못의 용이 하늘로 올라가는 태몽을 꾸었다고 하여 아명은 지룡(池龍)이라고 하였다. 당시 풍습에 따라 열두 살에 송재숙(宋在淑)과 결혼했으며, 1914년 아버지의 영향으로 로마 가톨릭에 입문하여 '방지거(方濟各, 프란치스코)'라는 세례명을 받았다. 정지용은 섬세하고 독특한 언어를 구사하며, 생생하고 선명한 대상 묘사에 특유의 빛을 발하는 시인이다. 한국현대시의 신경지를 열었다는 평가를 받고 있으며, 이상을 비롯하여 조지훈, 박목월 등과 같은 청록파 시인들을 등장시키기도 했다. 그는 휘문고보 재학 시절 〈서광〉 창간호에 소설 〈삼인〉을 발표하였으며, 일본 유학시절에는 대표작이 된 〈향수〉를 썼다. 1930년에 시문학동인으로 본격적인 문단활동을 했고, 구인회를 결성하고, 문장지의 추천위원으로도 활동했다. 해방 이후에는 《경향신문》의 주간으로 일하며 대학에도 출강했는데, 이화여대에서는 라틴어와 한국어를, 서울대에서는 시경을 강의했다. 1950년 한국전쟁이 일어난 뒤에는 김기림. 박영희 등과 함께 서대문형무소에 수용되었다가, 이후 납북되었다가 사망하였다. 사망 장소와 시기는 정확히 확인되지 않았는데, 1953년 평양에서 사망했다고 알려져 있다. 주요 저서로는 《정지용 시집》《백록담》《지용문학독본》 등이 있다. 그의 고향 충북 옥천에서는 매년 5월에 지용제를 개최하고 있으며, 1989년부터는 시와 시학사에서 정지용문학상을 제정하여 매년 시상하고 있다.

노천명

盧天命. 1911~1957. 일제 강점기의 시인, 작가, 언론인이다. 본관은 풍천(豊川)이며, 황해도 장연군 출생이다. 아명은 노기선(盧基善)이나, 어릴 때 병으로 사경을 넘긴 뒤 개명하였다. 1930년 진명여학교를 졸업하고, 그해 이화여전 영문학과에 입학했다. 이화여전 재학 때인 1932년에 시 〈밤의 찬미〉〈포구의 밤〉 등을 발표했다. 그 후 〈눈 오는 밤〉〈망향〉 등 주로 애틋한 향수를 노래한 시들을 발표했다. 널리 애송된 그의 대표작 〈사슴〉으로 인해 '사슴의 시인'으로 불리기도 했다. 독신으로 살았던 그의 시에는 주로 개인적인 고독과 슬픔의 정서가 부드럽게 담겨져 있다.

이장희

李章熙. 1900~1929. 시인. 본명은 이양희(李樑熙), 아호는 고월(古月). 대구 출신. 1920년에 이장희(李樟熙)로 개명하였으나 필명으로 장희(章熙)를 사용한 것이 본명처럼 되었다. 문단의 교우 관계는 양주동·유엽·김영진·오상순·백기만·이상화 등 극히 제한되어 있었다. 세속적인 것을 싫어하여 고독하게 살다가 1929년 11월 대구 자택에서 음독자살하였다. 이장희의 전 시편에 나타난 시적 특색은 섬세한 감각과 시각적 이미지, 그리고 계절의 변화에 따른 시적 소재의 선택에 있다. 대표작 〈봄은 고양이로다〉는 다분히 보들레르와 같은 발상법을 바탕으로 하고 있는데 '고양이'라는 한 사물이 예리한 감각으로 조형되어 생생한 감각미를 보이고 있다. 이 시는 작자의 순수지각(純粹知覺)에서 포착된 대상인 고양이를 통해서 봄이 주는 감각을 집약적으로 표현하고 있다. 1920년대 초반의 시단은 퇴폐주의·낭만주의·자연주의·상징주의 등 서구 문예사조에 온통 휩싸여 퇴폐성이나 감상성이 지나치게 노출되어 있었음에도 불구하고, 그의 시는 섬세한 감각과 이미지의 조형성을 보여주고 있다. 바로 뒤를 이어 활동한 정지용(鄭芝溶)과 함께 한국시사에서 새로운 시적 경지를 개척하였다.

박용철

朴龍喆. 1904~1938. 시인. 문학평론가. 번역가. 전라남도 광산(지금의 광주광역시 광산구) 출신. 아호는 용아(龍兒). 배재고등보통학교를 거쳐 일본에서 수학하였다. 일본 유학 중 김영랑을 만나 1930년《시문학》을 함께 창간하며 문학에 입문했다. 〈떠나가는 배〉 등 식민지의 설움을 드러낸 시로 이름을 알렸으나, 정작 그는 이데올로기나 모더니즘은 지양하고 대립하여 순수문학이라는 흐름을 이끌었다. 〈밤기차에 그대를 보내고〉〈싸늘한 이마〉〈비 내리는 날〉 등의 순수시를 발표하며 초기에는 시작 활동을 많이 했으나, 후에는 주로 극예술연구회의 회원으로 활동하면서 해외 시와 희곡을 번역하고 평론을 발표하는 활동을 하였다. 1938년 결핵으로 요절하여 생전에 자신의 작품집은 내지 못하였다.

변영로

卞榮魯. 1898~1961. 시인, 영문학자, 대학 교수, 수필가, 번역문학가이다. 신문학 초창기에 등장한 신시의 선구자로서, 압축된 시구 속에 서정과 상징을 담은 기교를 보였다. 민족의식을 시로 표현하고 수필에도 재능이 있었다. 그의 시작 활동은 1918년 《청춘》에 영시 〈코스모스(Cosmos)〉를 발표하면서부터 시작되었는데 당시에는 천재 시인이라는 찬사를 받기도 하였다. 그의 작품들은 부드럽고 정서적이어서 한때 시단의 주목을 받았으며, 작품 기저에는 민족혼을 일깨우고자 한 의도도 깔려 있었다. 대표작으로 〈논개〉를 들 수 있다.

오장환

吳章煥. 1918~?. 충북 보은 태생. 경기도 안성으로 이주하여 1930년 안성보통학교를 졸업하였고, 휘문고보를 중퇴한 후 잠시 일본 유학을 했다. 그의 초기시는 서자라는 신분적 제약과 도시에서의 타향살이, 그에 따른 감상적인 정서와 관념성이 형상화되었다. 1936년 《조선일보》 《낭만》 등에 발표한 〈성씨보〉 〈향수〉 〈성벽〉 〈수부〉 등이 이런 경향을 잘 보여주고 있다. 1937년에 시집 《성벽》, 1939년에 《헌사》를 간행하였다. 그의 시작 전체에는, 고향에 대한 그리움이 일관되게 나타난다. 오장환의 작품에서 그리움은, 도시의 신문물을 비판적으로 바라보는 비판 정신이기도 하고, 어떤 때는 고향과 육친에 대한 그리움, 또한 광복 이후 조국 건설에 대한 지향이기도 하다.

장정심

張貞心. 1898~1947. 시인. 개성 출생. 호수돈여자고등보통학교를 마치고 서울로 와서 이화학당유치사범과와 협성여자신학교를 졸업하고 감리교여자사업부 전도사업에 종사하였다. 1927년경부터 시작을 시작하여 많은 작품을 신문과 잡지에 발표했다. 기독교계에서 운영하는 잡지 《청년(靑年)》에 발표하면서부터 등단했다. 1933년 한성도서주식회사에서 간행한 《주(主)의 승리(勝利)》는 그의 첫 시집으로 신앙생활을 주제로 하여 쓴 단장(短章)으로 엮었다. 1934년 경천애인사(敬天愛人社)에서 출간된 제 2집집 《금선(琴線)》은 서정시·시조·동시 등으로 구분하여 200수 가까운 많은 작품을 수록하고 있다. 독실한 신앙심을 바탕으로 한 맑고 고운 서정성의 종교시를 씀으로써 선구자적 소임을 다한 여류시인으로 높이 평가되고 있다.

심훈

沈熏. 1901~1936. 소설가·시인·영화인. 1933년 장편 〈영원(永遠)의 미소(微笑)〉를 《조선중앙일보(朝鮮中央日報)》에 연재하였고, 단편 〈황공(黃公)의 최후(最後)〉를 탈고하였다(발표는 1936년 1월 신동아). 1934년 장편 〈직녀성(織女星)〉을 《조선중앙일보》에 연재하였으며 1935년 장편 〈상록수(常綠樹)〉가 《동아일보》 창간15주년 기념 장편소설 특별공모에 당선, 연재되었다.

〈동방의 애인〉 〈불사조〉 등 두 번에 걸친 연재 중단사건과 애국시 〈그날이 오면〉에서 알 수 있듯이 그의 작품에는 강한 민족의식이 담겨 있다. 〈영원의 미소〉에는 가난한 인텔리의 계급적 저항의식, 식민지 사회의 부조리에 대한 비판정신, 그리고 귀농 의지가 잘 그려져 있으며 대표작 〈상록수〉에서는 젊은이들의 희생적인 농촌사업을 통하여 강한 휴머니즘과 저항의식을 고취시킨다.

이광수

李光洙. 1892~1950. 문학가. 언론인. 호는 춘원(春園). 평북 정주 출생. 11세에 부모를 잃고 고아로 자랐다. 14세 때 일진회 유학생으로 도일하여, 메이지 중학부에서 공부하면서 소년회(少年會)를 조직하고 〈소년〉지를 발행하는 한편 시와 평론 등을 발표하기 시작했다. 와세다대학 철학과에 입학, 1917년 1월 1일부터 한국 신문학 사상 최초의 장편인 《무정》을 연재했다. 34년 동안 작가로 활동하면서 《개척자》《단종애사》《군상》《흙》《유정》《이순신》《그 여자의 일생》《사랑》 등 60여 편의 소설과 시가, 수필, 논문, 평론에 이르기까지 다양한 계몽주의 문학을 통하여 브나로드 운동 등 사회개혁 활동을 북돋우었다. 일제시대 그의 친일 행각에 대한 논란이 여전히 남아 있으며, 한국전쟁 당시 납북되었다가 자강도에서 병사한 것으로 알려져 있다.

윤곤강

尹崑崗. 1911~1949. 충청남도 서산 출생의 시인이다. 본명은 붕원(朋遠). 1933년 일본 센슈 대학을 졸업했으며, 1934년 《시학(詩學)》 동인의 한 사람으로 문단에 등장했다. 초기에는 카프(KAPF)과의 한 사람으로 시를 썼으나 곧 암흑과 불안, 절망을 노래하는 퇴폐적 시풍을 띠게 되었고 풍자적인 시를 썼다. 그의 시는 초기에 하기하라 사쿠타로오와 보들레르의 영향을 받았고, 해방후에는 전통적 정서에 대한 애착과 탐구로 기울어지기 시작하였다. 시집으로 《빙하》《동물시집》《살어리》《만가》 등이 있고, 시론집으로 《시와 진실》이 있다.

노자와 본초

野澤凡兆. 1640~1714. 가나자와 출신. 에도 시대 중기의 하이쿠 시인. 교토에서 의사를 업으로 했다. 만년에 아내와 함께 마쓰오 바쇼에게 사사했으나 자아의식이 강하여 바쇼의 말에 쉽게 따르지 않아 떠났다. 이후에도 하이쿠 활동은 계속하였다.

무카이 교라이

向井去來. 1651~1704. 나가사키 출신. 에도 시대 전기의 하이쿠 시인. 후쿠오카의 어머니쪽 숙부 구메가의 양자가 되어 무예의 도를 배우고 그 비법을 궁구하였지만 24~25세경 무도를 버리고 귀경하여 음양도의 학문을 배우러 당상가에 근무했다. 후에 마쓰모 바쇼에게 사사하여 제자가 되었다.

야마구치 소도

山口素堂. 1642~1716. 에도 시대 전기의 하이쿠 시인. 양조장집 장남으로 태어나 가업을 물려받았으나 동생에게 넘겼다. 기긴 문하에서 하이쿠를 배울 때 바쇼와 알게되었다. 하이쿠 외에는 선배 격인 점이 많아 바쇼의 시 세계에 많은 영향을 미쳤다. 긴 글은 소도, 짧은 글은 바쇼라는 말이 있다.

미야자와 겐지

宮瑞悟. 1896~1933. 일본문학사상 중앙문단과 거의 관계가 없었던 이색적인 작가로, 시·동화에 커다란 영향을 미친 인물로 인정받고 있다. 1918년 모리오카 고등농림학교를 졸업한 뒤, 지질 토양비료 연구에 종사했다. 특히 히에누키 군(稗貫郡)의 토성(土性) 조사는 뒤에 그의 활동에 중요한 의미를 주었다.

그는 농림학교 재학시절부터 단카(短歌)를 짓고 산문 습작을 하기도 했으며, 졸업 후에는 동화도 몇 편 썼다. 1921년 12월 히에누키 농학교의 교사가 되었고 이듬해 11월 사랑하는 여동생 도시의 죽음을 겪었으며, 1926년 3월까지 계속 이 학교의 교사로 있었다. 이 시기, 특히 전반기는 그의 문학이 화려한 꽃을 피운 시기였는데, 대표적인 작품은 시집 《봄과 수라(春と修羅)》(1924)와 동화 《주문이 많은 요리집(注文の多い料理店)》(1924)에 실린 작품들이다.

농학교 교사시절 후반부터 농민들의 빈곤한 생활에 직면하게 된 그는 1926년 3월 하나마키로 돌아갔다. 거기서 젊은 농민들에게 농학이나 예술론을 강의하는 한편, 벼농사 지도를 위해 헌신적인 노력을 했다. 그러나 건강상태가 악화되어 병석에 눕게 되었으며 자신의 농업기술로는 농민들을 가난에서 구할 수 없다는 자각에서 비롯된 절망, 농민들의 도회지인에 대한 반감 등에 부딪혀 좌절감은 더욱 깊어만 갔다. 1933년 급성폐렴으로 37세에 요절했다. 만년에 나온 동화로는 걸작 《은하철도의 밤(銀河鐵道の夜)》《구스코 부도리의 전기(グスコーブドリの傳記)》 등이 있다.

모리스 위트릴로

Maurice Utrillo. 1883~1955. 프랑스의 화가. 평생을 몽마르트 풍경과 파리의 외곽 지역, 서민촌의 골목길을 그의 외로운 시정에 빗대어 화폭에 담았던 몽마르트를 대표하는 화가이다. 다작을 넘어 남작으로도 유명한데 유화만 3,000점이 넘는다. 인물화도 그리긴 했지만 5점 정도밖에 없고, 높은 평가를 받지는 못했다.

모델 출신으로 훗날 여류화가가 된 발라동의 사생아로 태어났지만 9살에 1891년에 스페인인의 화가·건축가·미술비평가인 미구엘 위트릴로(Miguel Utrillo)가 아들로 받아들여, 이후 모리스 위트릴로라 불리었다.

일찍이 이상할 정도로 음주벽을 보였고, 1900년에는 알코올 중독으로 입원하게 되었다. 그것을 고치기 위해, 어머니와 의사의 권유에 따라 그림을 그리기 시작했으나 음주벽은 고쳐지지 않아 입원을 거듭했다. 그는 거의 독학으로 그림을 배웠고 화단에서도 고립되었고, 애수에 잠긴 파리의 거리 등 신변의 풍경화를 수없이 그렸다.

위트릴로의 작품은 크게 4개의 시기로 분류된다. 몽마니 등 파리 교외의 풍경을 그린 몽마니 시대(1903~1905), 인상파적인 작풍을 시도했던 인상파 시대(1906~1908), 위트릴로만의 충실한 조형세계를 구축해나간 백색 시대(1908~1914), 코르시카 여행의 영향으로 점차 색채가 선명해진 다색 시대(1915~) 등이다.

특히 백색시대 작품 중 수작이 많은데, 음주와 난행과 싸우면서 제작한 백색 시대 시절의 작품은, 오래된 파리의 거리묘사에 흰색을 많이 사용하여 미묘한 해조(諧調)를 통하여 우수에 찬 시정(詩情)을 발휘하였다. 그 후 1913년 브로화랑에서 최초의 개인전을 열어 호평을 받았으나, 코르시카 여행(1912) 후 점차 색채가 선명해졌으며 명성이 높아지면서 예전의 서정성이 희박해지는 경향이 두드러졌다.

1935년 위트릴로의 작품 찬미자인 벨기에의 미망인과 결혼하여 신앙심 두터운 평화로운 가정을 꾸려, 만년에 유복한 생활을 하며 파리 풍경을 계속 그려나갔다. 대표작으로 〈몽마르트르 풍경〉〈몽마르트르의 생 피에르 성당〉 등이 있다.

0-1
Little Communicant, Church of Mourning
1909-1912

0-2
Mother Catherine's Restaurant in Montmartre
1917

1
Cabaret Le Lapin Agile 1938

2
Snow over Montmartre

3
A Street in a Suburb of Paris

4
Pontoise l eperon street and street de la
coutellerie 1914

5-1
View of Pontoise

5-2
The Quartier Saint-Romain at Anse, Rhone

5-3
Road in Argenteuil 1914

6
The debray farm

7
Mont cenis street in the snow

8
Suburban street scene

9-1
Cabare belle gabrielle

9-2
Rue Norvins à Montmartre 1941

9-3
Passage Cottin, Montmartre, 1922

10
Ravignan street

11
Abbesses street

12
Square Tertre on Montmartre(Le Place du Tertre)
1910

13
The House of Mimi Pinson at Montmartre 1931

14
Farm on L'Ile d'Ouessant (Finistere)
1910-1911

15-1
Custine street near Montmartre

15-2
Houses in Montmartre

15-3
Moulin de la Galette ?

15-4
Square Tertre on Montmartre

16
Hector Berlioz's House 1914

17
Benches at Montmagny (Val-d'Oise) 1908

18
Lapin Agile 1912

19
House of Mimi Pinson

20-1
Chaudoin House

20-2
Castle in Charente

20-3
Chapelle de Buis 1921

21
Bievre

22
Moulin de la Galette

23
Flowers 1940

24-1
The Passage (The Dead End)

24-2
Notre-Dame 1909

25
Paintshop at Saint Ouen 1908

27-1
Église, Rue Montalant Sous La Neige À
Marizy Sainte-Geneviève (Aisne)

26
Church of st severin

27-2
The Maquis of Montmartre Under the Snow

27-3
Sacre coeur and passage cottin

28
Italian s house at monmartre

29
Notre-Dame de Clignantcourt

30-1
The Eiffel Tower (La Tour Eiffel) 1913

30-2
Sacre coeur and castle brouillards

열두 개의 달 시화집
十一月。
오래간만에 내 마음은

초판 1쇄 인쇄 2018년 10월 30일
3쇄 발행 2022년 2월 23일

지은이 윤동주 외 16명
그린이 모리스 위트릴로
발행인 정수동
발행처 저녁달

출판등록 2017년 1월 17일 제406-2017-000009호
주소 경기도 파주시 문발로 142 쌈지빌딩 304호
전화 02-599-0625
팩스 02-6442-4625
이메일 moon5990625@gmail.com
인스타그램 @moon5990625
ISBN 979-11-89217-00-6 02810

값 9,800원

*저작권법에 의해 보호를 받는 저작물이므로 무단전재와 무단복제를 금합니다.
*잘못 만들어진 책은 구입하신 서점에서 교환해드립니다.
***저녁달고양이**는 **저녁달출판사**의 문학브랜드입니다.